헤어진 다음 날

헤어진 다음 날 2

초판   1쇄 발행 2015년 4월 30일

지은이   남지은 글 | 김인호 그림
펴낸이   한승수
펴낸곳   문예춘추사
편 집   고은정
마케팅   심지훈
디자인   오성민

등록번호   제300-1994-16
등록일자   1994년 1월 24일
주소   서울특별시 마포구 연남동 565-15 지남빌딩 309호
전화   02-338-0084
팩스   02-338-0087
블로그   moonchusa.blog.me
E-mail   moonchusa@naver.com

ISBN   978-89-7604-239-2 04810
          978-89-7604-237-8 04810(전 2권)

현실과 판타지를 넘나드는
타임슬립 로맨스

헤어진
다음 날 ②

글 **남지은** | 그림 **김인호**

문예춘추사

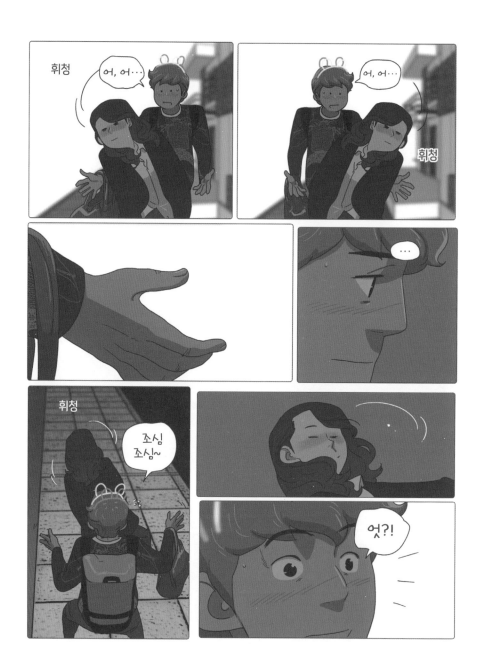

CHAPTER 15

조심하라니까…

괜찮아?
일어서 봐~

?

엄마~

아,
안녕하세요!

학생은…

꽈당!

…

다인이 앞에서 어떻게 반응해야 될지, 무슨 말을 해야 될지 모르겠더라구···

잘했어! 그럴 땐 그냥 얘기 들어 주고 끄덕끄덕만 해 주면 되는 거야~ 섣불리 조언 같은 것도 하지 말고···

그래~ 알았어!

꼭 기생오라비처럼 생겨가지고···

···

에이! 나쁜 놈!

뭐? 갑자기
니 맘대로 그러는 게
어딨어?

그동안 배운 거 있잖아~
배운 대로 연습하고 있으면
되지~ ^^;;

야! 그래도
무슨 스승이 이렇게
책임감이 없냐?

다음 달
주수미 공연까지
만이야~

치이...

여보세요?
여보세요?

CHAPTER 16

내가 그래야 되나?

?!

우리 연락 안 한지 꽤 됐잖아?
난 우리가 자연스럽게 헤어지는 절차를
밟고 있는 거라고 생각했는데…
아니었어?

뭐?!

너도 할 말
없잖아?

딴 놈이랑
머리띠까지 맞춰 쓰고
놀러왔다가 딱 걸린 거잖아?
아니야?

오랜 체증이 가라앉은 듯, 마음이 후련해졌다.
하지만 곧,
또 다른 벽과 마주쳐야 했다.

친구 녀석이 무심코 내뱉은 말이…

예언처럼
맞아 들었다.

어떻게 사귈 때마다 차여? 내가 그렇게 매력 없어요?

도리 도리

암튼 내가 또 연애를 하면 사람이 아니다!

다신 남자가 하는 말 믿나 봐라, 내가!

여기~ 이것 좀 더 주세요~ 맛있네~

아, 네~

그리고 몇 주가 지났다.

주수미 콘서트

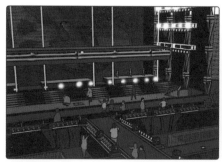

어, 왔어?

나 지금 바쁜데⋯
공연 끝나고
보자!

오케이~

Vegan Food

Love Cake

힘들었지?
수고 많았어~!

오늘 아주 잘했어!
다음에 내가 식사 한번
대접할게!

하하~
고맙습니다!

피디님~
누가 찾으세요~

너 좋다고…!

내 마음도 가을 같았다…!

CHAPTER 17

꿀꺽
꿀꺽

왜 그렇게
빤~히
쳐다봐?

더 이상은 감정을 숨길 수 없다고 생각했다.

가을이 깊어 갈수록
내 마음도 깊어질 테니까.

난 너 좋은데…

뭐…?

넌… 나 어떻게
생각하냐?

당연히··· 나도
너 좋지! ^^;

우리···

좋은 친구잖아!

꼬깃!

누군가 내게 하늘로 솟거나 땅으로 꺼져버리고 싶었던 순간이
언제였냐고 묻는다면…
바로 그때 그 순간이었다고 말할 것이다.

보기좋게
거절당한 거지!

웡! 웡!

콜!
그래도 형은°°°

어?

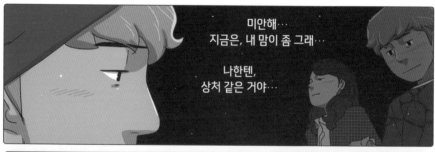

미안해…
지금은, 내 맘이 좀 그래…

나한텐,
상처 같은 거야…

웡! 웡!

그래, 콜!
나도 보고 싶어…
못 본지 너무
오래 됐지?

아침 일찍 나가는 것 같던데?

집 앞에 가서
올 때까지
기다릴까?

부웅~

아, 왜 이렇게
안 오지?

산책 갔다가
어디로 샜나?

저녁에
다시 올까?

콜!
그만 가야···

웡! 웡!

웡! 웡!

콜!

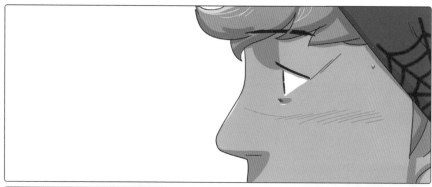

CHAPTER 18

미안해…

지금은
내 맘이 좀 그래…

후아~

딩동!
딩동!

나야~
문 열어~!

미안~ 좀 늦었지?
늦잠을 자는 바람에…

뭐 해?

왜 그러고 있어? 안 할 거야?

…

아~ 빨리 연습하자~! 너 노래해서 돈 벌고 싶다며…

자~ 호흡부터 깊게 마시고~

그 호흡 얘기 좀 그만 해!

아, 중요하니까 그렇지!

덜컹!

휙!

야, 문다인!
다인아!

아, 알았어!
내가 잘못했어!

…

오늘부터 다시
레슨 하자며?

이게 뭐냐?
왜 이렇게 사람을
불편하게 만들어?

내가 말했지?

장담하지 말라고···

어젠 끝내자더니 오늘은 보고 싶었다고?

사람 우습게 만들지 말고 그냥 가! 난 너 보고 싶지 않으니까···

바보 같이…
그러게 왜 괜한 말을 해?
자기 생각만 하고…

너랑 어색해지는 것
싫단 말이야…

난 아직
준비가 안 됐는데…

지이이잉~
지이이잉~

지이이잉~

너한테 상처 같은 거
절대로 안 줄 거라고
약속해도?

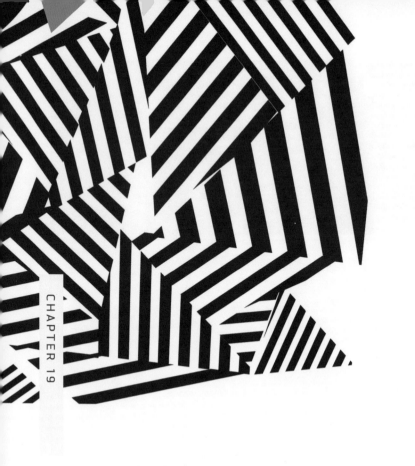

CHAPTER 19

말 안 했지만
나도 감정이 식고 있었어···

오빠 말대로
자연스럽게 헤어지고
있던 거야~

난 사랑 같은 거 이제
안 믿겨져··· 우리 부모님만
봐도 그렇고···

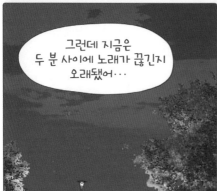

우리 부모님 결혼식 때
아빠가 직접 지은 노래를 불러 주셨대···
엄마는 우셨고···

그런데 지금은
두 분 사이에 노래가 끊긴지
오래됐어···

그런 게 사랑이야!

어쨌든
사랑이 끝났을 때 남는 건…

허탈함과 불쾌함
뿐이잖아…

난, 너 인간적으로 정말 좋아해!
너랑 허탈하고 불쾌한 그런 감정으로
끝나고 싶지가 않아~

그러기엔 우리 정말… 좋은…

그래! 니 말대로 사랑이 3년 만에 끝나는 호르몬 장난이라고 치자!

그럼, 그 이상으로 오래 사귀는 연인들은 먼데? 결혼해서도 행복하게 잘 사는 많은 사람들은 다 뭐야?

넌 지금 변명하는 거야! 내가 싫다는 걸 돌려서 말하는 거잖아?!

아, 아니야!

난, 그냥…

우리… 지금까지 좋았잖아~!

너랑은 정말 좋은 친구니까…

아니야~ 잘 생각해 봐! 내가 진짜 싫은 게 아니라면 대체 니 진짜 문제가 먼지…

지금까지 다 말했잖아~

사랑이 영원하지 않다는 거! 그게 문제라고…

쿵!
쿵!
쿵!
쿵!

하아… 이틀이나 지났는데…

왜 연락 안 하냐? 문다인…

결국 내가 먼저 걸게 되는 건가~? ㅠ..ㅠ

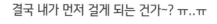

생각해 보고 전화 줘라!
기다릴게~! 나 간다!

취소

취소

하루가 일 년 같은데… 어떡하냐? 그럼!

CHAPTER 20

전화 했었네? 무슨 남자가
이틀을 못 기다리냐?

…

수업 때문에 한 거야!
호흡 연습을 많이 했는데
잘 하고 있는 건지 선생님
평가가 필요해서…

으~~ 유치하다!
신유탁!

칫…

띠링~

그렇다면
수업을 해야지!

기다렸던 대답도 해 줄게~!

왜 여기서
보자고 했어?

이렇게 탁 트인 곳이
좋을 것 같아서~!

불러 봐~!

뭘?

호흡 좋아졌다며?
평가 받고 싶다며?

야, 여기서?
여기서 어떻게?
민폐야, 민폐!

노래를 못 부르면
민폐일 것이고···

잘~ 부르면, 한 곡 쯤은
로맨틱하게 생각해 주겠지~

야~ 그래도···

지금
이 노래 알지?
이거 불러 줘~

···

♪～♬～♪～♬～

슬픈 멜로디일 뿐이야
내게 왜 그러냐 물어 왜
♪~♬♪~

알잖아 익숙한 그 노래가
손에 닿을 것 같은 your feel
우리는 왜 하필~

사랑해 사랑해 사랑해
하고 멀어지게 된 건지~

준비해 온 곡은 따로 있었다.

어젯밤
목이 터져라 연습했던…

너에게 내 마음을
가장 잘 전할 수 있을 것 같은 노래…

하지만

준비된 곡이 아니어도 괜찮았다.

떨리는 내 목소리가

이미 내 마음을 전해주고 있었으니까…

아~
기회를 달라며?
그러겠다고~!

지켜볼 거야~!
너 하는 거 봐서~
오케이?

툭.

준비 땅!
이제부터 시작!
하는 사이가 된 건
아니지만

내게 기회를 주겠다는,
그리고 마음이 열리면, 그때 내 손을
먼저 잡아 주겠다는 너의 대답은…

밤새 뒤척이며 잠 못 이룬, 나의 지난 밤을
보상해 주는 것만 같았다.

슬픈 노래를 듣고 있었지만
나는 웃고 있었다.

CHAPTER 21

퍽!

내가 말했지?
장담하지 말라고…

사람 우습게 만들지 말고 그냥 가!
난 너 보고 싶지 않으니까…

아~ 기회를 달라며?
그러겠다고~!

그래! 신유탁!
기회는 많아!

가자, 콜!

네, 신유탁 고객님이시죠?
저는 유리은행 고객 마케팅센터의
박현경이라고 합니다.

콜!
갔다 올게!

너 하는 거 봐서~!

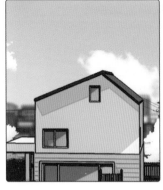

보고 싶어서 왔어.
진짜 보고 싶어서···

어젠 끝내자더니,
오늘은 오고 싶었다고?

그래, 보고 싶었다는
말은··· 아니었어!

스윽

다인아!

멈칫!

뭐 하는 짓이야?!

변태!

다, 다인아!!

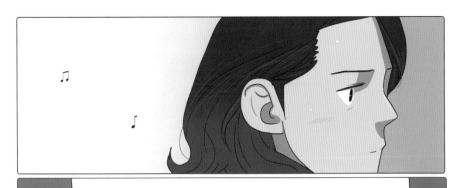

다인아!

다인아!

CHAPTER 22

난 하고 싶은 말은 많은데
네 앞에 있는 난~

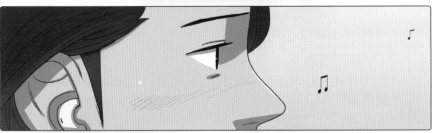

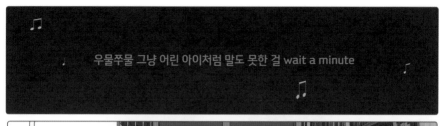

우물쭈물 그냥 어린 아이처럼 말도 못한 걸 wait a minute

그 자리에 stop!
잠깐만 그렇게 나를 봐~
할 말 있어
stay with me

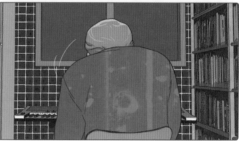

이거…

호흡, 감정…

다
엉망이야!

아아~~

3시 5분

탁

탁

며칠 째, 이 시간만 기다리는데···

어떻게 해야
네 마음이 풀리는 건지···

아니, 설령 네 마음이 풀린다고 해도
하룻밤 지나면 또···

부웅~

어?

다인아···

내일 또
시도해 봐야 하나···

하아~!
지친다! 지쳐!
누가 날 좀
위로해 줬으면···

덜컹!

뉘쇼?

우와~

따뜻한 숭늉 한 잔
드릴까?

아, 예~

고맙습니다~

CHAPTER 23

아까 극장에서도 그렇고… 갑자기 너무 오버하잖아! 부담스럽게…

쳇… 먹기 좋으라고 썰어준 건데 왜?

안 하던 짓을 하니까~

삐쳤어?

안 삐쳤어!

에이~ 삐쳤네!

남자가 뭐 그런 것 갖고 삐치냐? 난 그냥 너가 오늘 하루 종일 오버하니까…

아! 안 삐쳤다니까!!

…

그리고! 아까부터 자꾸 오버라고 하는데…

내가 뭘 그렇게
오버했는데?
그 정도도 못하냐?

···

꾸벅

꾸벅

잠 드셨네···

꾸벅

꾸벅

벌떡! 남자가 여자 말 한마디에
그렇게 삐치면 너무
쫀잔해 보이잖아~!

깜짝이야···

자네
설마···

계속 그렇게 유치하고 쪼잔하게 굴었던 건 아니지?

하아~ 그게…

소율이? 걘, 기타 치는 거 아니야?

아~그래? 알겠어~!

건반 구했대?

음~ 노영이가 기타 가르쳤던 앤데, 건반도 엄청 잘 치나 봐~

이번 공연 때 우리 팀 건반 해주기로 했대~

잘 됐네~

근데 걔가 블로그에서 내가 노래하는 걸 봤나 봐~ 근데…

근데?

목소리랑 스타일이 딱 자기 이상형이라고 했대~ 아하하하~!

풋~

진짜야! 노영이한테 물어봐!

알았어~ 누가 뭐래?

푸하~진짜 못 들어주겠구만!

그런 유치한 질투심 유발 작전을 하다니! 설마 그 작전을 계속 밀고 나갔던 건 아니겠지?

뭐야~ 점심 먹자고 한 사람이 누군데~!

미안해~ 소율이가 오늘밖에 시간이 안 된다고 해서···

공연까지 이제 얼마 안 남아서 시간 될 때마다 맞춰봐야 되거든~

CHAPTER 24

내가 놀랍다고
한 이유를 이제 알겠지?

꿀꺽

막 군대를
제대했을 무렵
이었지···

난 그림을 계속해야 하나
심각하게 고민하고 있었어···

수중에 돈은 없었고
여자친구 집에서는 날 맘에
들어하지 않았거든···

132 헤어진 다음 날 · 2

아! 난 그 노래가 좋던데? 뭐더라~

아! 이거요?

자~ 자네가 한번 제대로 불러 줘 봐!

오오~! 맞아!맞아! 역시 우린 통하는구만!!

미안해~ 콜···
내일이면 낫겠지만···

그래도 자꾸
상처를 입게 해서···

처음엔 체념했었지···

이건 뭔가, 뇌에서
잘못된 작용을 하고 있는 거라고.
그래! 내가 드디어 미쳐버렸구나!
그렇게 생각했지···

이러다가
그냥 죽는 건가
싶었어···

갑자기
그림이 그리고 싶어졌어...

몇 날 며칠 쉬지 않고 그림을 그렸지!
처음엔 하루만에 완성할 수 없던 그림을
하루만에 완성하게 되었어...

그렇게 실력이
늘고 있음을 깨닫자...
문득, 난 반복 속에 멈춰 있던 것이
아니다라는 생각이 들었지...

그리고
만약...

그녀와 함께 있다면...

이 똑같은 날들이 언제까지
반복된다고 하더라도 나쁘지
않겠다라는 결론을
내린 거야...

그리고,
예상대로…

그녀와 화해했을 때
비로소 내 상황은 바뀌게
되었다네~!

만약, 자네가
그녀와 화해하게 된다면…

콜!
갔다올게!

자네도 나처럼
상황이 바뀌지
않을까?

coffee cup

그냥, 말 없이···

바라보는 눈빛 만으로도

때론 충분할 때가 있다네···

눈빛 속에
자네 마음을 담아서

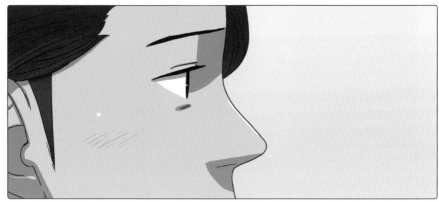

그럼, 모두
전달될 테니…

CHAPTER 25

다인아···

날 봐 줘!

내 눈을 좀···

애초에 속 좁게 굴었던
내 잘못이지…

크리스마스 저녁?

응~!

그땐 약속 있어서
못 갈 것 같은데?

뭐야~ 보컬 선생이
이래도 돼? 제자가
공연 한다는데…

아~ 진작 말을 하지··· 중요한 선약이라 취소 할 수도 없는데~

흠···

연말 공연이래서, 말일인 줄 알았지~

크리스마스에 잡힐 줄은 몰랐네···

또 삐쳤어? 너 요새 엄청 잘 삐치는 거 알아?

아~ 안 삐쳤어! 내가 무슨 툭하면 삐치기나 하는 밴댕이 같은 놈인 줄 아냐!

하아~

누가 봐도 장난으로 한 말을··· 왜 몰랐을까?

그리고 요즘 우리 사이에 있었던 많은 일들..
마음 불편하게 했던 것들..
오해들..

나도 정말 그러고 싶다고… ㅠ..ㅠ

그 모든게 말끔히 해소되는
크리스마스가 되었음 좋겠어…

눈빛에 마음을
담으라고?

흥! 말이 쉽지…

대체 말을 안 하고 어떻게
화해를 해? 날 쳐다 봐야 눈빛을
전하든 말든 할 거 아냐?

으흐~

전화도
안 하고···

말도 안 하고···

지잉~

PD님

네~ 피디님···

오늘만 날이냐···

내일 다시···

봤다···

봤다!

눈빛에
진심을 담아···

제발!

다인아···
내 마음이 보이니?

휙!

아유~!
미치겠다!

탓!

매일 반복되는 삶?

상관없다.

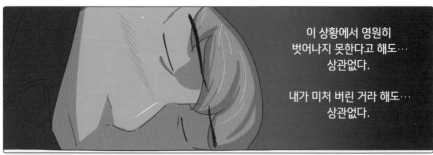

이 상황에서 영원히
벗어나지 못한다고 해도…
상관없다.

내가 미처 버린 거라 해도…
상관없다.

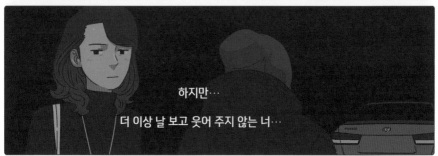

하지만…

더 이상 날 보고 웃어 주지 않는 너…

그런 널 계속 봐야 하는 건…
견디기 힘들다…

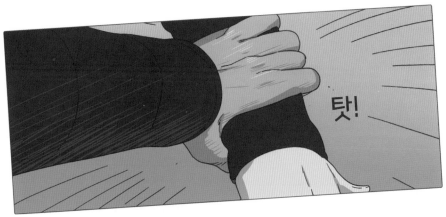

CHAPTER 26

탓!

니가
끝내자며…?

그게…

아, 탈 거유?
말 거유?

부웅

차가운 네 목소리…

어쩐지 오늘도
거절 당할 것만 같아

난 아무 말도
하지 못했다.

그래서 지난 주가
마지막 녹화였지···

내년엔 케이블에서
새로운 음악 프로그램을 하나
맡을 것 같은데···

161

어떻게 생각해?

네?

음악 감독으로
같이 일할 생각 있어?

아... 잘 모르겠어요~
한 번 생각해 봐야 할 것
같은데···

그래~ 지금 당장
대답하라는 건
아니야~!

말 해 줄까?

유탁아!
실은···

사운드도
끝내주더라~ 나도 이참에
스피커 새로···

어?

다인 씨!

아…

아침에?

응!

우리 집에서
내려온 거 확실해?

음~
아마도?

근데, 자기 본 거
너한테 말하지 말라고
하더라고…

니네 집 아니면
다인씨가 그 동네 올 일이
뭐가 있겠어~

아침엔 꼬마애밖에 못 봤는데···

그럼 매일 아침 왔었다는 건데···

지금까지 한 번도 마주친 적 없었잖아?! 언제 왔다 간 거지?

?

^*^%^Y(*)&%%&*&&

저녁에 시간 되면 다인씨도 리스마로 오세요~

벌떡

피디님,
죄송하지만
저 이만
가 볼게요!

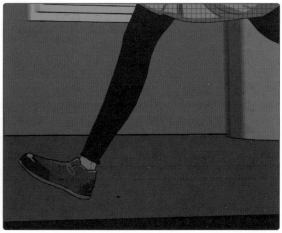

다인이도
나랑 화해하려고
왔었나봐!

아⋯ 나
가봐야겠다!

어딜 가?

다인이 집 앞에!
만날 때까지
다시 기다려야겠어!

야~ 그냥 내일 가~

아냐, 지금 가야 돼!

냅 둬라~ 사랑 싸움에 끼어드는 거 아니다~

콩!

모든 연락처

문다인

하아

하아

LOVE
LIVE

띠리리리

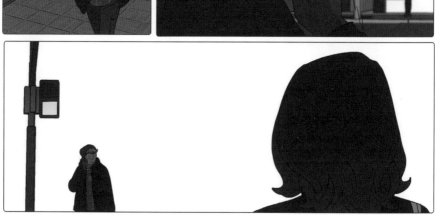

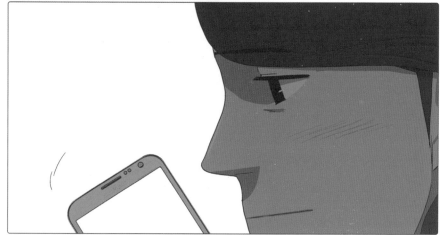

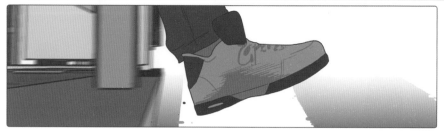

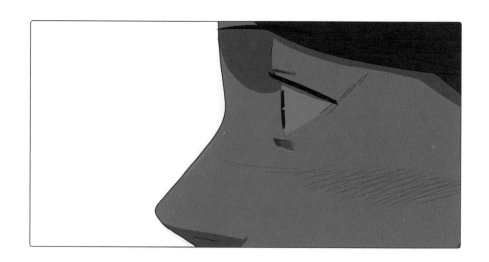

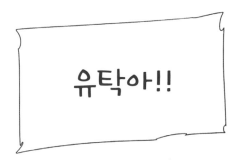

유탁아!!

CHAPTER 27

여보세요?
다인아!
다인아!

왜?

미, 미안해···
내가 잘못했어!

Forrest B's

GATES
NOT COLD

나 정말
너 웃는 얼굴
다시 보고 싶어!

어제는
끝내자고
하더니···

그래
그래!

어제 그런 말 하고
오늘은 이런 말 하니까
사람 우습게 만드는
거냐고 니가 화낼 수도
있다는 거 알아!

근데, 절대
그런 거 아니야!
진심으로 화해
하고 싶어···

너도··· 아침에
우리 집 앞에 왔었다며?
나 보려고 온 거 아냐?

아니거든!

맞잖아···

아!
신유탁!

어?

진심으로 화해하고 싶은
사람이 어쩜 하루 종일
전화 한 통을 안 하냐?

니가 전화기
꺼놨을 테니까···

칫~!

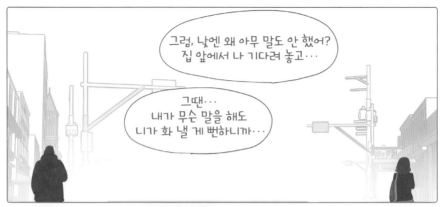

그럼, 낮엔 왜 아무 말도 안 했어?
집 앞에서 나 기다려 놓고···

그땐···
내가 무슨 말을 해도
니가 화 낼 게 뻔하니까···

칫~! 그걸
어떻게 알아?

다
알아···

요즘 내가 너한테
계속 잘못했으니까···
니가 화낼 만도 하지~

신유탁···
하루 만에
철 들었네?!

다인아···

어제 일···
그리고 요즘···

우리 사이에
있었던 많은 일들···

마음 불편하게
했던 것들, 오해들···

그 모든게 말끔히
해소되는···

풉~

오늘 밤이 되면 좋겠어.

생각해 보고 내일 말해 줄게!

아, 아니!! 다인아~! 꼭 오늘이었으면 좋겠거든? 응?

아, 하루도 못 기다리냐?

안 돼~ 못 기다려! 제발 지금 말해 줘~

들어간다.

어? 어···

저기, 조금만 더 있다 가면 안 돼?

11시 25분

전철 끊기게?

응?

어우
추워···

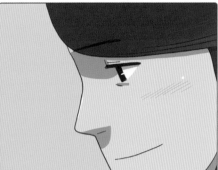

●olleh LTE

11:55
12월 26일 목요일

그녀와 화해했을 때···
비로소 내 상황은 바뀌게
되었다네···

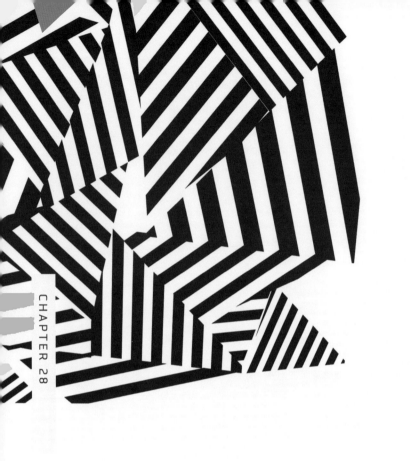

CHAPTER 28

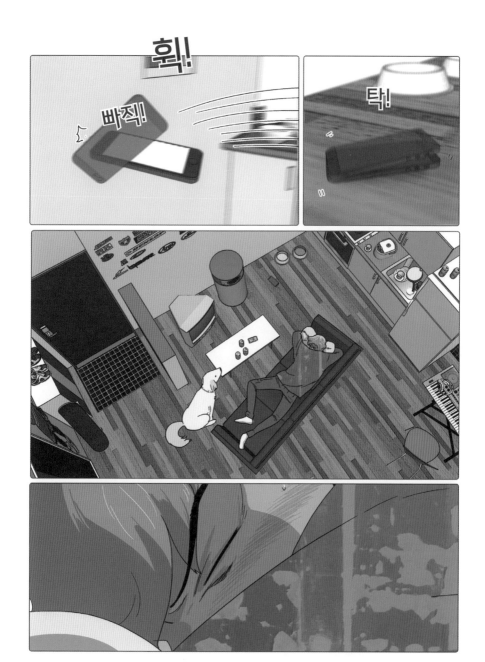

생각났다!

7년 전, 같은 학원에 다녔던 아이. 늘 밝은 표정이 예뻤던 그 아이…

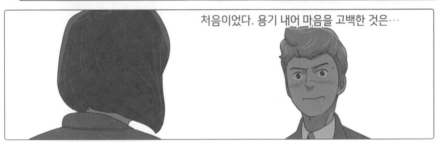

처음이었다. 용기 내어 마음을 고백한 것은…

내 고백에
수줍게 웃던 그 아이는…

짧은 대답과 함께 내 마음을 받아 주었다.

알았어…

하지만

나는 겨우 두 달 만에 차이고 말았다.

그것도 달랑 문자 하나로…

미안해…
우리 이제 그만 만나자…
정말 미안해…

너 어제 어떻게 된 거야?
고등학생이 술 퍼먹고 기절하고!
너 한 번만 더 그래 봐! 정말!

됐어~됐어~!
괜찮아! 아들!

에휴···

굶어도 되겠다!
욕을 왕창
먹어서···

꼬르륵

그래도
배가 고프네?
ㅋㅋ

안 그래?
콜?!

무슨 이유가 있어야 될 거 아냐?
미안하다면 다야? 미안할 짓을 왜 해? 어?

그때 난, 콜을 붙들고 날 차버린 그 아이에 대한 원망을 쉴 새 없이 쏟아 냈었다.
다음 날, 같은 날이 반복된다는 것을 깨닫게 되기 전까지는 말이다.

그 아이와 헤어진 다음 날에서
어떻게든 벗어나려 발버둥치며 며칠을 보내다
끝내 체념하게 됐을 때...

자연스레 다시
그 아이가 떠올랐다.

자연스레 그 아이가
떠올랐다...

돌이켜 보니, 나는 참 매력 없는 남자친구였다.

난 네 남자친구니까…
그래도 된다고 착각했던 나…

네 기분 상하면,
궁색한 변명을 늘어놓기에 바빴던 나…

네 마음을 먼저 헤아려 주지 못했던 나…

널 이해할 생각은 미처 하지 못했던
바보 같은 나의 모습들이 떠올랐다.

…고작 문자 하나로 나를 차버렸다고 원망했던 나는…

…고작 문자 하나로 그 모든 잘못을 덮어 준…
그 아이가 오히려 고마워졌다.

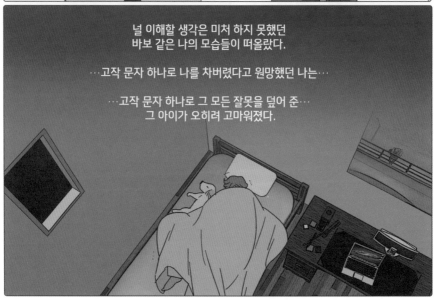

미안하다…

진심이야…

…

잘 지내라…

너도…

잘 지내…

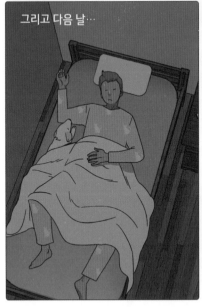

그리고 다음 날…

난, 비로소 새로운 낯을 맞이하게 되었다.

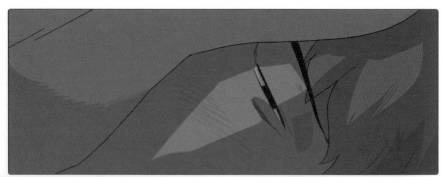

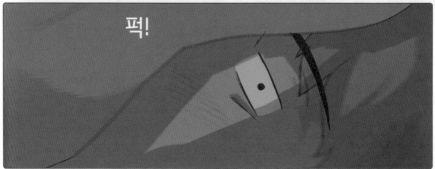

픽!

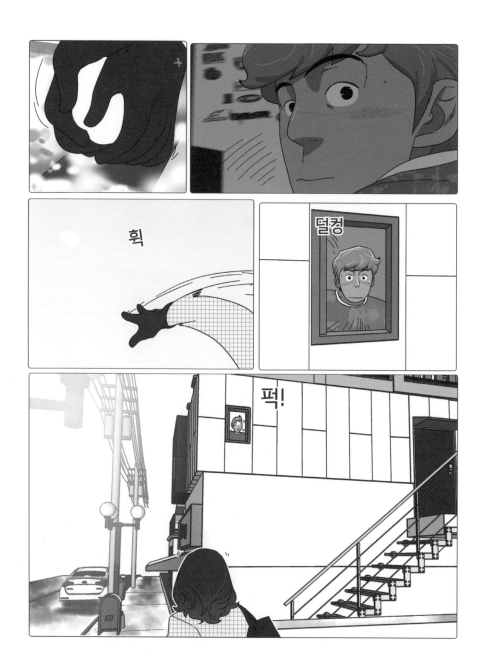

그리고…

괜찮아?
차가운데…

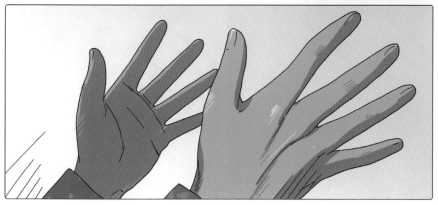

새로운 하늘…

다인아! 만약…
내일 또다시 화가 난
너를 마주쳐야 한다고 해도…

그래서 지금의 내 마음,
처음부터 다시 전해야
한다고 해도…

괜찮아…

오늘처럼 다시 널 찾아갈게! 😊

이른 아침부터 밤 늦게까지
집 앞에서 네가 나타날 때까지
기다릴게!

사랑한다… 문다인!
너만을 위해 노래하고 싶은… 유탁이가…

제지 유탁

다인아! 만약…
내일 또 다시 화가 난
너를 마주쳐야 한다고 해도…
그래서 지금의 내 마음
처음부터 다시 전해야
한다고 해도…
괜찮아…

오늘처럼 다시 널 찾아갈거야!
이른 아침부터 밤 늦게까지
집 앞에서 네가 나타날 때까지
기다릴게!
네가 다시 못나올 때 까지
얼마든지 기다릴 수 있어!
널 사랑하는 사람…
언제까지라도…
기다릴 수 있어!
사랑한다… 문다인!
너만을 위해 노래하고…

신유탁…
넌 가끔 이렇게
사람 마음을 흔드는
재주가 있다니까…!

요즘 우리에게 있었던 일들…
마음 불편했던 일…
서운함… 오해들…
모두 다 잊을 거야!

낮에 집 앞에서 날 기다리고 있던 널 발견했을 때
그때 이미 내 마음은 그러기로 했었던 것 같아~ ^^

내일 아침 얼마나 일찍 오는지 지켜볼 거야!
네 노래가 듣고 싶은 밤에…
다인이가.

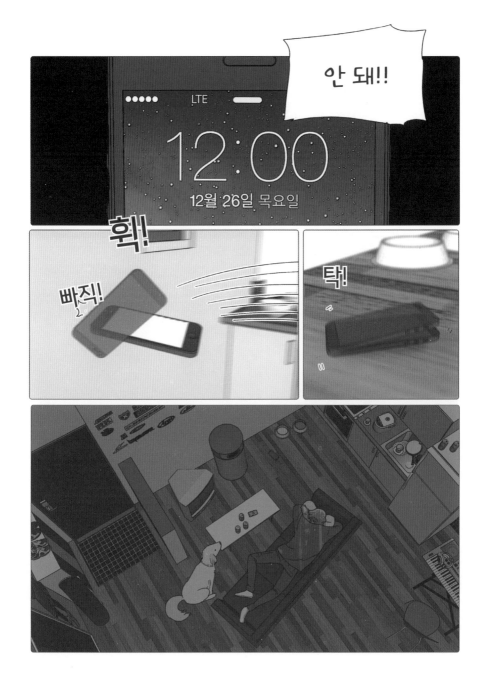

자아~
모닝커피 대령이요~

땡큐~

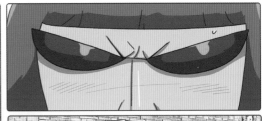

레이첼!
집에 가자니까~
왜 이러니~!

둘이
언제 이렇게
친해졌니?!

집 앞에서 기다리고 있는 날 발견했을 때…

그녀의 마음이 조금씩 녹고 있었다고 했다…

내가 찾아갔던 그 모든 순간에…

그녀의 마음은 이미 녹고 있었다고…

사랑은 영원하지 않다.

어쩌면 사랑은 3년을 넘기지 못하는 호르몬 장난일지도 모른다.

이제 난
그녀에게

상처같은 거
절대로 주지 않을 거라는 말은
하지 않을 것이다.

다만…

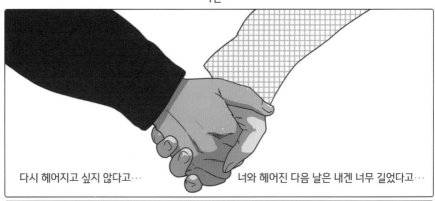

다시 헤어지고 싶지 않다고…

너와 헤어진 다음 날은 내겐 너무 길었다고…

이젠 너와
하루하루 더 소중하게…
더 행복하게…

그렇게 아름다운 사랑을
만들어 가고 싶다고 말할 것이다!

사랑이
영원하지 않기 때문에…!

EPILOGUE

안녕하세요. 작곡가 그룹 투엘손이라고 합니다.
신유탁 씨 이메일 맞죠? 블로그에서 이메일 주소
보고 연락드립니다.^^

다름이 아니라 얼마전 유튜브에서 유탁씨가
부른 노래를 우연히 듣게 되었어요~

시간이 되신다면, 만나서
음악에 대한 이야기를
편안하게 나누고 싶네요~ ^^

까야~~~

오늘 투엘손도
온다고 했지?

응!

복수는 여기까지~!

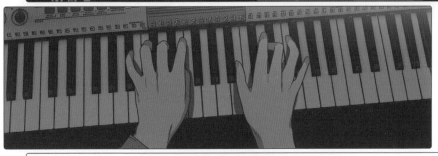

고맙습니다…

마지막으로
들려 드릴 곡은…

〈발렌타인데이 키스〉
입니다…

END.

〈헤어진 다음 날〉을 책으로 엮으며…

연재 기간 동안 임신과 출산으로 힘든 시간을 보냈지만
지치고 힘들 때마다 함께해 주시고, 새 힘을 주시며,
날마다 새 아침의 감격을 맛보게 하시는 주님! 감사합니다!

음악 하는 '유탁'과 '다인'의 이야기를 꾸려나가면서
음악의 '음' 자도 모르는 저희 부부가 헤맬 때마다
늘 생생한 이야기로 도움을 주신, 가수 폴 킴과 배우 이예지님!
그리고 영원한 친구~ 투엘슨! 고마워요~
정말 많은 도움이 되었어요!

웹툰 〈헤어진 다음 날〉에 관심과 애정을 주신 김상준 피디 님과
배우 남궁 민 씨께도 감사를 드립니다.
함께 만들 드라마가 기대가 됩니다!

마지막으로 자식같은 작품을 단행본으로 엮어 주신 문예춘추사와
우리집 보물, 햇살 사남매 션, 뚜, 혀니, 랄라.
그리고 연재하는 동안 따뜻한 시선으로 봐 주시고, 격려해 주신 독자님들께
감사의 마음을 전합니다~!

진심으로 고맙습니다~~! ^^

더 좋은 작품으로 보답하는 작가 부부가 될게용~!　　^^

_남지은, 김인호 드림.